Ventes des 14 et 15 Mars 1883.

ESTAMPES ANCIENNES

PORTRAITS

LITHOGRAPHIES ET EAUX-FORTES MODERNES

DESSINS

EXPOSITION PUBLIQUE

LE MARDI 13 MARS 1883

De deux heures à quatre heures.

<table>
<tr><td>Me MAURICE DELESTRE
COMMISSAIRE-PRISEUR
Rue Drouot, n° 27.</td><td>M. CH. DELORIÈRE
MARCHAND D'ESTAMPES
Rue de Seine, 15.</td></tr>
</table>

PARIS

CATALOGUE
D'ESTAMPES ANCIENNES
PORTRAITS
GRAVURES AU BURIN

LITHOGRAPHIES ET EAUX-FORTES MODERNES

CH. MERYON, J.-F. MILLET, ETC., ETC.

POINTES SÈCHES DE JAMES TISSOT

DESSINS

DONT LA VENTE AUX ENCHÈRES PUBLIQUES AURA LIEU

HOTEL DES COMMISSAIRES-PRISEURS, RUE DROUOT, N° 9

SALLE N° 4

Le Mercredi 14 et Jeudi 15 Mars 1883

A DEUX HEURES PRÉCISES

Par le ministère de **M° MAURICE DELESTRE**, Commissaire-Priseur,
27, rue Drouot, 27 ;

Assisté de **M. CHARLES DELORIÈRE**, Marchand d'Estampes,
15, rue de Seine, 15.

EXPOSITION PUBLIQUE
Le Mardi 13 Mars 1883
DE DEUX HEURES A QUATRE HEURES

—

PARIS. — 1883

CONDITIONS DE LA VENTE

Elle sera faite au comptant.

Les acquéreurs payeront *cinq pour cent* en sus des enchères.

ORDRE DES VACATIONS

PREMIÈRE VACATION : MERCREDI 14 MARS

Portraits.................................... Nᵒˢ   1 à 45
Estampes, diverses écoles........................ 46 à 98
Gravures et Eaux-Fortes modernes................. 99 à 206

DEUXIÈME VACATION : JEUDI 15 MARS

Gravures et Eaux-Fortes modernes.............. Nᵒˢ 207 à 307
Dessins.. 308 à 348
Gravures en lots.

Les attributions de l'Amateur ont été conservées pour les dessins.

M. Cᴴ. Delomière remplira les commissions.

DÉSIGNATION

PORTRAITS

ALIX (P-M.)

1 — Fénélon (F. de Salignac de Lamothe.) Gravé en couleurs.

> Belle épreuve sans marges.

ANONYME

2 — Madame Récamier.

> Belle épreuve.

BEISSON (E.)

3 — Paisiello, d'après Madame Lebrun.

> Belle épreuve.

CALAMATTA

4 — Portrait de Murillo.

> Belle épreuve avant la lettre.

CERONI

5 — Madame du Barry, — Henriette d'Angleterre. Deux pièces.

> Très belles épreuves sur chine avant la lettre.

6 — Maintenon (Françoise d'Aubigné, marquise de) d'après Mignard.

> Belle épreuve. Petites marges.

CHARDIN (d'après J.-B.-S.)

7 — Marguerite Siméone Pouget, par Chevillet, 1771.
Belle épreuve toutes marges.

Chez F.-M. WILL, à Augsbourg

8 — Étienne et Joseph Mongolfier.
Très belle épreuve, marges.

CHÉREAU (F.)

9 — Cheron (Elis.-Sophie), d'après elle-même.
Belle épreuve.

DALEN (Van)

10 — Boccace Jean, d'après le Titien.
Belle épreuve.

DIVERS

11 — Madame de Sévigné, quatre pièces, — Catherine II, par
Saint Aubin, deux états, — G. Emilie de Breteuil. Sept
pièces.
Belles épreuves.

12 — Portraits de l'Impératrice Eugénie, par divers graveurs.
Cinq pièces, dont trois avant la lettre.
Belles épreuves.

13 — Sous ce numéro, il sera vendu environ vingt portraits
avant et avec lettre.
Belles épreuves.

DUPONT (Henriquel)

14 — Rachel, d'après H. Lehmann.
Belle épreuve sur chine.

EDELINCK (Gérard)

15 — Montarsis (P. de) d'après Coypel le jeune.
Très belle épreuve, marges.

FALMAGNE

16 — Le Prince de Ligne.
Belle épreuve avant la lettre.

FICQUET (Etienne)

17 — J. de La Fontaine, d'après Rigaud.
Belle épreuve, marges.

18 — La Mothe le Vayer (F. de) d'après Nanteuil.
Belle épreuve, marges,

19 — Jean-Baptiste Rousseau, d'après Aved.
Belle épreuve.

20 — Crébillon (Prosper Joliot de), d'après Aved.
Belle épreuve, petites marges.

FORSTER

21 — Henri IV, d'après Lanchenon.
Belle épreuve.

FRONTIER

22 — Portrait de Marin, musicien. Gravé par Masquelier.
Belle épreuve.

LE BEAU

23 — Benjamin Franklin, d'après Desraies.
Belle épreuve, marges.

MASSON (Antoine)

24 — Brisacier (Guillaume de).
Chef-d'œuvre du maître. Très belle épreuve, marges.

25 — Marin, d'après P. Mignard.
Belle épreuve, collée.

MERCURY (P.)

26 — Condorcet, d'après J. P. Lemort.
Belle épreuve sur Chine.

MONGIN

27 — Portrait de A. Dumas fils, d'après E. Meissonier.
Belle épreuve d'état. Signée.

NANTEUIL (Célestin)

28 — Petrus Borel.
Belle épreuve sur Chine.

29 — Madame Victor Hugo, d'après Louis Boulanger. Deux
pièces.
Belles épreuves.

PIGEOT

30 — Bossuet (J. B), d'après Rigaud.
Belle épreuve avant la lettre.

POLLET

31 — A. de Musset, d'après Ch. Landelle.
Très belle épreuve d'artiste sur chine.

POTRELLE

32 — Laurent Bartholini, d'après Ingres.
Très belle épreuve.

PRADIER (E.)

33 — Suard (J. B. A.) d'après Gérard.
Belle épreuve, marges.

REGNAULT

34 — Marie-Antoinette , — Adrienne Lecouvreur , —
Madame de Genlis, — Mademoiselle Aissé, — Impératrice
Eugénie. Cinq pièces.
Très belles épreuves d'artiste sur chine.

35 — Voltaire, d'après Latour, — Montaigne, d'après Staal.
Deux pièces.
Belles épreuves sur chine avant la lettre.

REYNOLDS (d'après J.)

36 — Miss Kitty Fischer, gravé par Rich. Houston.
Belle épreuve, marges.

37 — Miss Fordyce, gravé par Corbutt.
Belle épreuve, marges.

38 — Frances, comtesse d'Essex, gravé par Purcell.
Belle épreuve, marges.

39 — Jane, comtesse de Hyndfort, gravé par J. M. Ardell.
Belle épreuve, marges.

40 — Portrait de femme, gravé par J. M. Ardell.
Belle épreuve, marges.

RIFFAUT

41 — Rachel, dans Phèdre.
Très belle épreuve d'artiste, avant toute lettres.

SAVART (P.)

42 — Jean Racine, d'après J. B. Santerre.
Belle épreuve.

STAAL (G.)

43 — Madame de Lamartine, — Élisa Mercœur, — Lisette de
Béranger, — La Maîtresse d'Hégésippe Moreau, —
Madame Émile de Girardin, etc. Six pièces.
Belles épreuves sur chine.

TURNER (C.)

44 — Lady Georgina Fane, d'après T. Lawrence.
Belle épreuve, marge.

VENDRANSINI (F.)

45 — Mademoiselle George et Mademoiselle Bourgoin, dans
Iphigénie en Aulide, d'après Dubois.
Belle épreuve.

ESTAMPES

DIVERSES ÉCOLES

BAUDOIN (d'après)

46 — Le Jardinier galant, par Helman.
Très belle épreuve, marges.

47 — Le Léger vêtement, par Chevillet.
Très belle épreuve avant la lettre. Doublée.

48 — Marton, par Ponce.
Superbe épreuve avant toute lettre, seulement les noms des artistes tracés à la pointe.

BEAUVARLET (J.)

49 — La Confidence, d'après Carle Vanloo.
Belle épreuve.

BOISSIEU (J.-J. DE)

50 — Paysages, sujets et vues diverses. Onze pièces.
Belles épreuves

BROMLEY (JOHN)

51 — Amusement rural, d'après sir T. Lawrence.
Belle épreuve, marges.

BRY (THÉODORE DE)

52 — Le Triomphe de Bacchus, d'après Jules Romain.
Très belle épreuve, montée en dessin.

CHAPONNIER (A.)

53 — Pensée d'amour, — Vénus sur les eaux, — Danaë. Trois pièces d'après Casenave et autres.
Belles épreuves.

CORRÈGE (d'après)

54 — La Nativité, gravé par Mich Sloane.
Belle épreuve.

DUPLESSIS-BERTAUX (J.)

55 — Fête dédiée à la Vieillesse, d'après P.-A. Wille.

>Belle épreuve, avant les inscriptions sur les tables de la loi.

FACIUS (J.-S. et J.-G.)

56 — Danaé, d'après le Titien.

>Belle épreuve.

FONTANA (PETRUS)

57 — Sainte Cécile, d'après Zampiéri.

>Belle épreuve avant la lettre.

FRAGONARD (H.)

58 — Le Parc, eau-forte originale.

>Belle épreuve d'état avant le nom et avant le trait carré.

FRAGONARD (d'après)

59 — Dites donc s'il vous plaît, — les Beignets. Deux pièces gravées par Delaunay.

>Très belles épreuves. « Dites donc s'il vous plaît » est avant la dédicace.

60 — Les Jeunes sœurs, par Vidal.

>Superbe épreuve d'essai avec des retouches au crayon.

GOLTZIUS

61 — Andromède, — Sybille. Deux pièces.

>Belles épreuves.

GREUZE (d'après)

62 — Bacchante, gravé par H. Meyer.

>Belle épreuve.

GUÉRIN (CHR.)

63 — L'Amour désarmé, d'après le Corrège.

>Belle épreuve.

HOGARDT (W.)

64 — Mariage à la mode. Pl. 2 et 3. Deux pièces.
Épreuves avant la lettre.

65 — The Enraged musicien, — A. Midnight modern conversation. Deux pièces.
Belles épreuves. Collées.

JESI (Samuel)

66 — Abraham renvoyant Agar, d'après Guercino.
Belle épreuve.

LA BELLE (de)

67 — Paysages, Chasses, Sujets divers. Seize pièces.
Belles épreuves.

LAVREINCE (d'après N.)

68 — La Consolation de l'absence, par N. de Launay.
Belle épreuve, marges.

LEMPEREUR (Lud.)

69 — L'Attente du plaisir, d'après A. Carrache.
Belle épreuve.

LEGRAND

70 — Une héroïne américaine, pièce gravée en couleur.
Belle épreuve toutes marges.

MALLET (d'après)

71 — La Nouvelle intéressante.
Belle épreuve d'eau-forte.

72 — Saint Preux, ou les Alarmes de l'Amour, par Copia.
Belle épreuve.

MOREAU (L.-M.)

73 — Décoration du sacre de Louis XVI, roi de France et de Navarre, à Reims, le 11 juin 1775.
Très belle épreuve.

MOREAU LE JEUNE

74 — Titre pour le « Jugement de Paris. » Vignette, pour chansons de La Borde, etc. Trois pièces.
> Très belles épreuves.

NEWTON

75 — Fidélité.
> Belle épreuve, marges.

NORBLIN (J.-P.)

76 — Sous ce numéro, il sera vendu environ 80 pièces de l'œuvre du maître, qui se compose de 91 pièces.
> Très belles épreuves.

OSTADE (Van)

77 — Le Goûter.
> Belle épreuve.

PATERRE (d'après)

78 — La Matronne d'Ephèse, par Fillœul.
> Belle épreuve.

POTTER (Paul)

79 — Les Chevaux de charrue.
> Belle épreuve.

PRUD'HON (d'après P.-P.)

80 — En Jouir, par Copia. (Pour « l'Art d'aimer ».)
> Superbe épreuve avant l'inscription sur la tablette, marges.

81 — Abracome e Anzia. — Dafnis e Cloé, — Le Bain. Deux pièces.
> Belles épreuves, marges.

82 — Le premier Baiser de l'Amour, gravé par Copia.
> Belle épreuve.

83 — La Justice et la Vengeance divine poursuivant le Crime, gravé par B. Roger.
> Belle épreuve.

PRUD'HON (d'après P.-P.)

84 — Phrosine et Mélidore. Deux épreuves, une est avec la tablette.

> Très belles épreuves, marges.

ROSALBA (d'après)

85 — L'Automne. — L'Hiver (c'est le portrait de Mme Law), gravé par Ch. Duflos. Deux pièces.

> Belles épreuves.

RUYSDAEL

86 — La Chaumière au sommet de la Colline (B. 3).

> Belle épreuve.

STRANGE (Robert)

87 — Abraham renvoyant Agar, d'après Guercino.

> Belle épreuve.

TIÉPOLO

88 — Sujets allégoriques et religieux, pour plafond. Sept pièces.

> Belles épreuves.

VIGNETTES

89 — Aventures de Mlle Minette, quatre pièces, par E. Morin.

> Belles épreuves sur chine avant la lettre.

90 — Pour illustrer Victor Hugo : Notre-Dame de Paris et autres ouvrages. Cinq pièces.

> Belles épreuves.

91 — Pour divers ouvrages, gravées par Tony Johannot. Dix-sept pièces.

> Belles épreuves. Plusieurs sont sur chine et avant la lettre.

92 — Pour Jean-Jacques Rousseau. Trois pièces, dont une à l'état d'eau-forte.

> Belles épreuves.

VIGNETTES

93 — Frontispices pour les Beaux-Arts. — L'Artiste. Huit pièces.

> Belles épreuves.

94 — La Nacelle. — La Sœur de charité. (Pour les Chansons de Béranger). Deux pièces.

> Très belles épreuves d'artiste sur chine. Avant lettre.

95 — Sous ce numéro, il sera vendu environ cinquante vignettes anciennes et modernes, la plupart avant lettre.

WATTEAU (d'après)

96 — Les Agréments de l'Eté, par Joulin.

> Belle épreuve.

97 — L'embarquement pour Cythère, gravé par un anonyme.

> Grande eau-forte moderne non terminée.

98 — Sous ce numéro, il sera vendu par lots environ mille gravures de toutes les écoles.

GRAVURES

ET

EAUX-FORTES MODERNES

ALLAIS (J.-A.)

99 — Phrosine et Mélidor, d'après Rioult.

> Belles épreuves avant la lettre.

AUBRY-LECOMTE

100 — Lithographies, d'après Prud'hon et autres. Neuf pièces.

> Belles épreuves.

BELLAY (Ch.)

101 — Pascuccia, — Nanna. Deux pièces.

> Belles épreuves sur chine.

BLANC (Charles)

102 — Portrait de Rembrandt, — Jean Lutma. Deux pièces,
d'après Rembrandt.
Belles épreuves.

BLANCHARD (Aug.)

103 — Les Vendanges grecques, d'après Alma Tadema.
Très belle épreuve sur chine, avant lettre.

BLERY (Eugène)

104 — Études dessinées et gravées, d'après nature, à l'eau-
forte, Paris, 1841. Dix pièces titre et couverture.
Belles épreuves sur chine signées par l'artiste.

105 — A Saint-Julien, près Bonneville. Étude. Deux pièces.
Belles épreuves.

BONINGTON (R.-P.)

106 — Croix de Moulin-les-Plantes, — Façade de l'église de
Brou, — Old Gate Way at Stirling. Trois pièces.
Belles épreuves sur chine.

107 — La Tour du marché à Bergues, — Tour aux archives à
Vernon, — Tour du gros horloge. Trois pièces.
Belles épreuves, deux sont sur chine.

108 — Le Repos, — Le Duel. Deux pièces.
Belles épreuves.

109 — Les Pendus, — Le Duel, — Le Retour, — La Prière.
Quatre pièces.
Belles épreuves.

BONVIN (F.)

110 — Première suite des dix eaux-fortes. Paris et Londres
1861 à 1871. Dix pièces dans la couverture de publication.
Belles épreuves avant lettres, sur papier de Hollande.

BRACQUEMOND

111 — Le Canard, — Margot, — Le Corbeau, etc. Six pièces.
Belles épreuves.

BRACQUEMOND

112 — La Servante, d'après Leys.

> Très belle épreuve d'une planche dont il n'en a été tiré qu'un petit nombre.

CALAMATTA (L.)

113 — La Source, d'après Ingres.

> Très belles épreuves d'essai.

114 — La Joconde, d'après Léonard de Vinci.

> Très belle épreuve sur chine, avant la lettre.

115 — Portrait de L. Comte Molé, d'après Ingres.

> Belle épreuve sur chine.

CALAME (A.)

116 — Paysages gravés à l'eau-forte. Quatre pièces.

> Belles épreuves.

CARAVAGLIA

117 — La Vierge à la chaise, d'après Raphaël.

> Superbe épreuve d'artiste avant toutes lettres.

CAREY

118 — Le Mercredi des Cendres, d'après Stevens.

> Très belle épreuve d'artiste avant toutes lettres, signée.

119 — Une Boucherie, à Tréport.

> Belle épreuve avant toutes lettres sur japon.

CARICATURES

120 — Facéties de Monsieur Mayeux, Monsieur Mayeux aux Tuilleries, etc. Quatorze pièces en noir et coloriées.

> Belles épreuves.

121 — Amourettes, — Musée grotesque, — Les Époux parisiens, etc. Trente pièces.

> Belles épreuves coloriées.

CHAPLIN (Ch.)

122 — Sujets divers gravés par et d'après Chaplin. Six pièces.
Belle épreuve, plusieurs sont sur Japon.

CHARLET

123 — Lithographies diverses suites. Cinquante-trois pièces.
Belles épreuves.

CHAUVEL

124 — Collection de six eaux-fortes. — Paysages.
Belles épreuves avant la lettre. Couverture de publication.

125 — La Mare, d'après Th. Rousseau.
Belle épreuve d'essai.

COGNIET (d'après Léon)

126 — L'Automne, — L'Hiver. Deux pièces gravées par Outhwaite.
Belles épreuves, *l'Hiver* est en épreuve d'artiste avant le cadre.

COROT

127 — Paysage d'Italie.
Belle épreuve sur japon.

128 — Paysage, pour les poésies d'E. Roche.
Belle épreuve sur chine.

COSTUMES MILITAIRES

129 — Sous ce numéro il sera vendu environ cent pièces, costumes militaires français et étrangers, en noir et en couleur.

DAMOUR (Ch.)

130 — Souvenirs de voyages, gravures à l'eau-forte d'après Chacaton. Dix pièces et le titre.
Belles épreuves sur chine avant lettre.

131 — Paysages, sujets divers, gravés d'après Bonington et autres. Six pièces.
Belles épreuves sur chine.

DAUBIGNY

132 — Lever de lune. (H. 89.)
> Belle épreuve sur chine, avant la planche coupée.

133 — Les Bergers. (H. 112.)
> Belle épreuve, avant la lettre sur chine.

134 — Vignette inédite pour les Chansons populaires de la France.
> Rare épreuve d'essai.

135 — Environ de Choisy-le-Roi, — Soleil couchant, —Vue des environs de Subiaco, etc. Dix pièces en partie sur Chine.
> Belles épreuves.

136 — Le Gué, — Le Parc à moutons. Deux pièces.
> Belles épreuves sur chine.

137 — Les Vendanges.
> Belle épreuve avant lettre, sur vieux papier.

138 — Le Coup de soleil, d'après Ruysdaël.
> Belle épreuve avant la lettre.

139 — Sous ce numéro, il sera vendu environ quarante pièces, gravées par Daubigny.
> Belles épreuves, en grandes partie sur chine et avant lettre.

DECAMPS

140 — Lithographies et eaux-fortes, d'après Decamp. Dix pièces.
> Belles épreuves.

141 — Les Anes sous le toit, deux épreuves sur Chine, — Corps de garde Turc, deux épreuves, divers. Sept pièces.
> Belles épreuves.

142 — Lithographies originales, sujets divers. Vingt-cinq pièces.
> Belles épreuves.

DELACROIX (E.)

143 — Tigre couché, — Juive d'Alger. Deux pièces.
> Belles épreuves, marges.

DELACROIX (E.)

144 — Les Écrevisses à Longchamps.
Belle épreuve.

145 — Tigre déchirant le corps d'un Arabe.
Belle épreuve tirée en bistre sur chine avant lettre.

146 — Sujets divers, lithographiés par et d'après E. Delacroix. Dix pièces.
Belles épreuves.

147 — Le Jeune Chifford trouvant le corps de son père, — Juive d'Alger, — Hamlet, — Jeune Tigre jouant avec sa mère, deux épreuves. Cinq pièces.
Belles épreuves.

148 — Médailles. Quatre pièces.
Superbes épreuves avant lettre.

DELACROIX (d'après E.)

149 — Sujets gravés par divers. Neuf pièces.
Belles épreuves.

DESBOUTIN

150 — Portraits et sujets divers gravés à la pointe sèche. Huit pièces.
Belles épreuves, avant lettres.

DUPONT (HENRIQUEL)

151 — Les pèlrins d'Emmaüs, d'après P. Veronèse.
Très belle épreuve d'artiste non terminée sur chine.

152 — Madame de Mirbel, d'après Champmartin.
Belle épreuve.

153 — Carle Vernet, d'après Paul Delaroche. Deux pièces.
Belles épreuves, une est tirée en sanguine avant le trait carré.

154 — Mirabeau, d'après Paul Delaroche.
Très belle épreuve, avec envoi à M. Trouillon. Signée.

DUPONT (Henriquel)

155 — La chasse au loup, — Cromwell, — Michel-Ange donnant des soins à son domestique. Trois pièces.
Belles épreuves.

156 — École turque, d'après Decamp.
Belle épreuve sur chine avant lettre.

DUPRÉ (Jules)

157 — Paysages, lithographies. Cinq pièces.
Belles épreuves.

FANTIN-LATOUR

158 — Le duo des Troyens, — Rinaldo, — Lohengrin. Trois pièces, lithographies originales.
Très belles épreuves, tirées à un petit nombre. Rare.

FELSING (G.)

159 — Mariage de sainte Catherine, d'après le Corrège.
Belle épreuve.

FEUCHÈRE (Jean)

160 — Jean d'Arc, Motif d'ornement, — Sainte Famille, d'après Carrache. Cinq pièces,
Belles épreuves.

FIELDING (Newton)

161 — Eaux-fortes et lithographies. Onze pièces.
Belles épreuves.

FLAMENG (L.)

162 — Angélique, d'après Ingres.
Très belle épreuve avant lettre, dite au camée.

163 — La naissance de Vénus, d'après A. Cabanel.
Très belle épreuve avant toute lettres.

164 — Portrait de Mme Lenoir, d'après le tableau de la Galerie La Caze.
Très belle épreuve sur chine avant lettre.

FORSTER (F.)

165 — Les trois Grâces, d'après Raphaël.

Très belle épreuve sur chine, avant toutes lettres (n° 49), avec dédicace à M. Lemaitre.

GAVARNI

166 — Lithographies diverses. Dix pièces.

Belles épreuves.

GÉRICAULT

167 — Lithographies. Sujets divers. Dix pièces.

Belles épreuves.

GERVAIS

168 — Liseur à la fenêtre, d'après Meissonier.

Très belle épreuve d'artiste, avant toutes lettres.

GIGOUX

169 — Paul Delaroche, — Miss Kemble, — Mme Dubary. Trois pièces.

Belles épreuves.

GILLRAY (J.)

170 — Campagne d'Egypte. Caricatures publiées à Londres en 1799. Neuf pièces coloriées.

Belles épreuves.

GRANDVILLE (J.-J.)

171 — Pièces tirées de diverses suites. Vingt-deux pièces noires et coloriées.

Belles épreuves.

GUDIN

172 — Marines. Lithographies. Deux pièces.

Belles épreuves sur acier avant lettre.

HADEN (Seymour)

173 — Etude d'arbres dans les jardins de Kensington.
Très belle épreuve sur chine.

174 — Fulham (Vue de).
Belle épreuve sur chine, avant lettre.

175 — La même pièce.
Belle épreuve avec lettre sur chine.

HILLEMACHER (F.)

176 — Portrait de Molière en habit de Sganarelle, — Un cafetier de Paris en 1754, et autres. Sept pièces.
Belles épreuves.

HUOT (A.)

177 — Portrait de Descartes, d'après F. Hals.
Très belle épreuve d'artiste avant lettre, sur chine. Signée.

ISABEY (Eugène)

178 — Environs de Dieppe. Croquis. Cinq pièces. Lithographies originales.
Belles épreuves.

JACQUE (Charles)

POINTES SÈCHES

179 — Moine en prière (G. 216) 2e état, — Buveurs (G. 218),
— Vieillard en prière (G. 219), — Village au bord de
l'eau (G. 255) 2 épreuves, — Forge (G. 256). Six pièces
rares (tirées . petit nombre).
Belles épreuves.

180 — La Nourrice (243). Pointe sèche.
Très belle épreuve. Planche tirée à 25 épreuves.

181 — Auberge (G. 258), —l'Abreuvoir (G. 256), — Paysage,
moulin (G. 260), — Paysage, chevaux (G. 261), — Le
Moulin (G. 266), —Vaches à l'abreuvoir (G. 268). Six pièces
rares.
Belles épreuves.

JACQUE (Charles)

182 — La Forge (252). Pointe sèche.
Très belle épreuve. Planche tirée à 15 épreuves.

183 — La Souricière (162).
Très belle épreuve du 2e état, avec dedicace. Signée.

184 — Vignettes pour illustration. Dix pièces.
Belles épreuves.

185 — Album de paysages et sujets divers. Trente pièces.
Belles épreuves sur chine, reliées en un Album.

186 — Sous ce numéro, il sera vendu, par lots, environ 50 pièces de l'œuvre du maître en épreuves sur chine, avant et avec lettre.

JACQUE Léon)

187 — Sujets gravés d'après les tableaux de Ch. Jacque. Trois pièces.
Belles épreuves.

JACQUEMART (Jules)

188 — Son portrait, gravé par Desboutin.
Très belle épreuve d'artiste.

189 — Les Amateurs de dessin, d'après Meissonier.
Belle épreuve avant lettre sur chine.

190 — L'Auberge, d'après Van Ostade.
Très belle épreuve avant lettre sur japon.

191 — Trépied, ciselé par Gouthière.
Très belle épreuve avant lettre.

192 — La Belle-Fille de Goya.
Belle épreuve d'artiste avant lettre.

193 — Bijoux antiques.
Très belle épreuve avant la lettre.

194 — Moïse, d'après Michel-Ange.
Belle épreuve d'artiste avant la lettre.

JACQUEMART (Jules)

195 — Portrait, d'après A. de Vries. — Intérieur rustique, d'après Kalf. Deux pièces.
> Belles épreuves sur chine.

196 — Mme Clémentine Fillon.
> Très belle épreuve d'artiste avant lettre sur japon.

197 — Aiguières à grotesques d'Urbino. Musée du Louvre.
> Très belle épreuve d'artiste avant lettre.

198 — Guy Mergey. Bois sculpté du XVIe siècle (26).
> Très belle épreuve d'état, avant le nom de l'artiste.

199 — Chez Berne-Bellecour.
> Très belle épreuve.

200 — Une fête dans une chaumière.
> Très belle épreuve sur japon avant lettre, avant le cuivre coupé.

201 — Buste de Henri III.
> Très belle épreuve avant la lettre.

202 — Bijoux antiques (Musée Campana).
> Très belle épreuve avant la lettre.

203 — Les Fleurs de la vie.
> Très belle épreuve avant la lettre et avant le numéro.

204 — Plantes de serre.
> Très belle épreuve avant la lettre.

205 — La Ville et la Campagne.
> Très belle épreuve avant la lettre.

206 — L'Écureuil et la Mouche.
> Très belle épreuve avant la lettre.

LALANNE (Maxime)

207 — Souvenirs artistiques du siège de Paris 1870-1871. Suite de douze eaux-fortes.
> Belles épreuves.

208 — Les Bords de la Seine. Deux pièces.
> Belles épreuves, sur japon.

LAMI (Eugène)

209 — Le Camp de Lunéville. Six pièces.

    Belles épreuves, marges.

210 — Sujets divers. Lithographies. Cinq pièces.

    Belles épreuves.

211 — La Chaussée d'Antin, — La Tour, — Les Amusements nocturnes, — Une Visite dans le voisinage, etc. Six pièces coloriées.

    Belles épreuves.

212 — Costumes militaires, — Cavalerie. Cinq pièces.

    Belles épreuves.

LASSALLE (Emile)

213 — La Source, lithographie, d'après Ingres.

    Belle épreuve d'artiste, sur chine.

LEBLANC (Th.)

214 — Croquis d'après nature faits pendant trois ans de séjour en Grèce et dans le Levant. Vingt-cinq pièces, dont dix-sept coloriées.

    Belles épreuves.

LEFÈVRE (Jules)

215 — Lia, — Le Rêve. Trois pièces.

    Belles épreuves, deux sont avant la lettre.

LEGROS (A.)

216 — La Petite Marie.

    Très belle épreuve.

LEMUD (A. de)

217 — L'Etude (A. Bouvenne, n° 22).

    Très belle épreuve. Il n'a été tiré de cette pièce que quelques épreuves : la pierre a été effacée.

LEROUX

218 — Léda, d'après Léonard de Vinci.

Très belle épreuve avant toutes lettres, sur chine.

LEYS (Henri)

219 — Une Visite chez l'imprimeur Plantin, à Anvers.

Très belle épreuve.

220 — Les Archers.

Belle épreuve.

LONGHI (G.)

221 — La Madeleine, d'après Le Corrège.

Très belle épreuve, marges.

222 — Le Délice maternel, d'après Lawrence.

Très belle épreuve.

LOUIS (Aristide)

223 — L'Innocence, d'après Greuze.

Très belle épreuve.

MANET

224 — Polichinelle, lithographie originale. Deux pièces.

Superbes épreuves, dont une est imprimée en couleurs. Pièce très rare.

MARTIAL

225 — Paris incendié, 1871. Suite de douze eaux-fortes.

Belles épreuves.

226 — Paris sous la Commune. Suite de douze eaux-fortes.

Belles épreuves.

227 — Lettres illustrées sur les artistes et les œuvres modernes au Salon de 1866. Suite de dix-neuf eaux-fortes.

Belles épreuves sur chine.

MARVY (Louis)

228 — Paysages, pièces originales et d'après divers maîtres. Quarante-cinq pièces.

Belle épreuves, la plus grande partie en épreuves d'artiste et avant lettre.

MEISSONIER (d'après)

229 — Une Lecture chez Diderot, par A. Mongin.

Très belle épreuve d'essai, signée du graveur.

230 — Le Liseur, gravé par Carcy.

Belle épreuve sur chine.

231 — Le Hallebardier, gravé par Desclaux, — Le Bibliophile, gravé par Gervais. Deux pièces.

Belle épreuves, sur chine.

232 — Le Portrait du Docteur (pour « Paul et Virginie »), gravé par Pigeot.

Très belle épreuve sur chine avant le cadre.

MERCURY (P.)

233 — Sainte Amélie, d'après Paul Delaroche.

Superbe épreuve d'artiste, sur chine, avant toutes lettres, signée.

MERYON (Ch.)

234 — Son portrait. Il est représenté assis sur son lit à l'hôpital, gravé par L. Flameng.

Très belle épreuve, sur papier du japon.

235 — Son portrait, gravé par Bracquemond.

Belle épreuve, sur japon.

236 — Eaux-fortes sur Paris, par C. Meryon, 1852. Couverture (31).

Très belle épreuve.

237 — Ancienne porte du Palais de justice (33).

Très belle épreuve.

238 — Armes symboliques de la ville de Paris (35).

Très belle épreuve.

MERYON (Ch.)

239 — Le Stryge (37).

Superbe épreuve.

240 — L'Arche du pont Notre-Dame (39).

Très belle épreuve avant la lettre et le numéro, et avec le nom et l'adresse de Meryon.

241 — La Galerie de Notre-Dame (40).

Superbe épreuve avant la lettre, avec le nom de Meryon et l'adresse de l'imprimeur.

242 — La Rue des Mauvais-Garçons (41).

Superbe épreuve d'une pièce rare.

243 — La Pompe Notre-Dame, 1852 (45).

Très belle épreuve.

244 — Vue de San Francisco.

Très belle épreuve.

245 — La Petite Pompe (46).

Très belle épreuve.

246 — Le Pont-Neuf (47).

Superbe épreuve avec le nom de Meryon, la date et l'adresse de l'imprimeur, avant les vers.

247 — Le Pont au Change (48).

Superbe épreuve avec C. Meyron, del. sculp. MDCCCLIV ; à droite, l'adresse de l'imprimeur ; dans les nuages, un ballon portant le mot Speranza.

248 — La Morgue (50).

Très belle épreuve avant la lettre, avec le nom de Meryon et l'adresse de l'imprimeur.

249 — L'Abside de Notre-Dame de Paris (52).

Superbe épreuve avant la lettre.

250 — Le Tombeau de Molière (53).

Très belle épreuve.

251 — Le Ministère de la Marine (82).

Superbe épreuve avant la lettre, avec le monogramme dans le milieu de la marge du bas.

MERYON (Ch.)

252 — Portrait de M. Casimir Lecomte (88).
> Très belle épreuve sur chine.

MILLET (J.-F.)

253 — Les Glaneuses.
> Belle épreuve sur papier du japon.

254 — La même pièce.
> Très belle épreuve sur papier de Hollande.

255 — Le Départ pour le travail.
> Très belle épreuve.

256 — La Bouillie.
> Très belle et rare épreuve avant le cuivre coupé, avant la lettre.

257 — Mouton paissant.
> Très belle épreuve d'une pièce rare.

258 — La Veillée.
> Très belle épreuve, sur japon, d'une pièce très rare.

259 — La Couseuse.
> Très belle épreuve, sur chine.

260 — Les deux vaches.
> Très belle épreuve, eau forte tirée à dix épreuves.

261 — Portrait d'Olivier de Serres, lithographie originale.
> Belle épreuve, sur chine volant.

262 — La Bergère assise, bois gravé d'après Millet.
> Belle et rare épreuve tirée sur papier rouge.

MONNIER (H.)

263 — Tragédiens, — Comédie bourgeoise, — Chef d'emploi,
etc. Dix pièces tirées de la Galerie théâtrale.
> Belles épreuves coloriées.

264 — Pasquinade, — En Avant deux, — Les Filles soumises,
etc. Sept pièces coloriées.
> Belles épreuves.

MORIN (Ed.)

265 — Carte pour le dîner des Éclectiques, deux pièces, — Les Tripes. Trois pièces.

> Belles épreuves. Rares.

266 — Au Luxembourg.

> Très belle épreuve d'une pièce dont il n'a été tiré que quelques épreuves, planche effacée.

MORGHEN (Raphael)

267 — La Poésie, — La Philosophie, — La Justice, — La Théologie. Quatre pièces, d'après Raphaël.

> Belles épreuves sur chine.

268 — Vénus et l'Amour, d'après Jacque Palma.

> Très belle épreuve d'artiste avant toutes lettres.

269 — La Vierge au sac, d'après André del Sarte.

> Belle épreuve.

MOUILLERON

270 — André Vesale, d'après Hamman.

> Belle épreuve sur chine.

NANTEUIL (Célestin)

271 — Lithographies d'après Saint-Melingue. Trois pièces.

> Belles épreuves sur chine.

272 — Eaux-fortes et lithographies, d'après divers.

> Belles épreuves.

NOEL et MASSOT

273 — Les Nymphes au bain, d'après G. Lethiers, gravé sous la direction de A. Desnoyers.

> Belle épreuve avant la lettre (porte le cachet à deux têtes).

O' CONNELL (F.)

274 — La Maternité, — Tête de femme. Deux pièces.

> Belles épreuves, sur chine.

D'ORLÉANS (F.)

275 — Sujets divers, lithographiés. Cinq pièces sur chine.
Belles épreuves.

RAFFET

276 — Revue nocturne, deux épreuves, — Le Drapeau du
17ᵉ léger. Trois pièces.
Belles épreuves, sur chine.

277 — Lithographies, diverses suites. Soixante-deux pièces.
Belles épreuves.

RAINALDI (F.)

278 — L'Enlèvement d'Europe, d'après Véronèse.
Belle épreuve.

RAJON (P.)

279 — Rixe dans un cabaret en Alsace, d'après Vantier.
Très belle épreuve avant la lettre, sur chine, signée.

280 — Le Fumeur flamand, d'après Meissonier.
Belle épreuve, sur chine.

281 — Le Liseur, d'après Meissonier.
Belle épreuve, sur chine.

RÉGNAULT

282 — Croquis et Vignettes. Huit pièces.
Belles épreuves.

RICHOMME

283 — La Sainte Famille, d'après Raphaël.
Épreuve d'essai de la partie inférieure de la planche.

ROBERT (Léopold)

284 — Le Repos du Pâtre. — L'improvisateur. — Une Suis-
sesse, etc. Sept pièces, lithographiées.
Belles épreuves.

ROQUEPLAN (Camille)

285 — Paysages. — Sujets divers. Vingt-cinq lithographies originales.

Belles épreuves.

ROPS (Félicien)

286 — Frontispices. — Vignettes. — Lettrines, etc. Vingt-trois sujets tirés sur huit planches.

Très belles épreuves d'artiste.

ROUSSEAU (Th.)

287 — Les Chênes de roches.

Belle épreuve sur chine.

288 — Procédés d'après ses dessins. Huit pièces.

Très belles et rares épreuves d'essai, plusieurs n'ont jamais paru.

SCHENNIS

289 — Soleil couchant.

Belle épreuve avec remarque signée.

SOMM (Henri)

290 — Eaux-fortes et Pointes sèches. Sept pièces.

Belles épreuves.

TISSOT (James)

POINTES SÈCHES

291 — L'Été.

Très belle épreuve.

292 — La Tamise.

Très belle épreuve.

293 — Entre les deux mon cœur balance.

Très belle épreuve.

294 — Soir d'été.

Très belle épreuve.

TISSOT (James)

295 — L'Histoire ennuyeuse.

> Très belle épreuve.

296 — La Galerie du Trafalgar.

> Très belle épreuve.

297 — Le Hamac.

> Très belle épreuve.

298 — Spring Morning.

> Très belle épreuve.

TOSCHI (B.)

299 — Vénus et Adonis, d'après l'Albane.

> Belle épreuve.

TRIMOLET ?

300 — Les Mois. Suite de douze pièces.

> Belles épreuves.

VERNET (Horace)

301 — Sujets divers, — Lithographies originales. Vingt-six pièces.

> Belles épreuves, plusieurs sont avant lettres.

VERNET (d'après Carle)

302 — Les Jockeys montés, — Tout acier, etc. Trois pièces, gravées par Levachez et Darcis.

> Belles épreuves.

303 — Chevaux. — Lithographies. Six pièces.

> Belles épreuves.

WATTIER (Emile)

304 — Sujets divers. Cinq pièces.

> Belles épreuves, plusieurs sont avant lettres.

WHISTERLER

305 — Annie Haden.

Très belle épreuve.

306 — Fannie Leyland.

Très belle épreuve.

307 — La Brodeuse.

Très belle épreuve sur japon.

DESSINS

ANONYMES

308 — Jeune Femme en costume Louis XVI, tenant une lorgnette.

Dessin à la mine de plomb.

309 — Portrait de Lebrun.

Beau dessin à la sanguine.

310 — Vases, torchères, brûle-parfums, etc. Deux pièces.

Jolis dessins en couleurs.

311 — Intérieur de Salon.

Beau dessin à l'aquarelle.

312 — Inauguration de la Statue de Henri IV, sur le Pont-Neuf.

Dessin à l'aquarelle.

313 — Jeune Femme en costume Louis XVI, assise dans un jardin.

Très joli dessin, lavé d'encre de Chine.

314 — Dans un intérieur, une jeune femme, assise à une table, est en train de prendre son café.

Très joli dessin, crayon noir rehaussé de sanguine.

315 — Décoration d'appartement.

Très joli dessin à l'aquarelle.

316 — Femme couchée dans un parc.

Jolie gouache.

BALLUE (H.)

317 — Une rue à Alger.

Aquarelle, signée.

BARDIN

318 — Jeune Femme assise, tenant une guirlande de fleurs.

Beau dessin, gouache, signé et daté 1803.

319 — Un Homme et une Femme, secourant un soldat blessé. Signée et daté 1767.

Dessin lavé à l'encre de Chine.

BAUDELAIRE (Élève de Gros)

320 — Femme couchée.

Très belle gouache, signée et datée 1821.

BOILLY (Attribué à)

321 — Dame assise, un enfant auprès d'elle.

Joli dessin, crayon noir rehaussé de blanc.

CHASSELAT

322 — Dessins de Vignettes.

Quatre dessins à la sépia.

COLIN (A.)

323 — Portrait de Mme Dorval, dans le rôle de Kitty Bell.

Jolie aquarelle. Au bas, cette dédicace : A Kitty, bel hommage d'admiration ; A. Colin, 1837. Provenant du cabinet de A. de Vigny.

DIVERS

324 — Cinquante dessins, têtes de pages, lettres ornées, culs-de-lampe, ayant servi pour l'illustration de « La Vie à la Campagne ».

ÉCOLE ITALIENNE

325 — Plafonds. Cinq dessins.

Très beaux dessins à l'aquarelle.

HUET

326 — Jeune Enfant, appuyé sur une chèvre.
  Charmant dessin à plusieurs crayons.

327 — Enfants couchés sur des gerbes de blé.
  Très jolie composition en forme d'écran. Pierre d'Italie et sanguine.

JOHANNOT (Tony)

328 — Lenore. (Les Morts vont vite.)
  Beau dessin gouaché (a été lithographié).

KAPPELLER

329 — Retour de Chasse.
  Très beau dessin au crayon, signé et daté 1799.

JOHANNOT (Alfred)

330 — Deux dessins à la plume, ayant servi pour illustration.

LEBARBIER (Attribué à)

331 — Cul-de-lampe, représentant les Emblèmes de l'Agriculture.
  Joli dessin à la sépia.

LEBRUN (Attribué à)

332 — Plafond.
  Beau dessin à la plume.

MAROT

333 — Dessin de grille et ornements de serrurerie.
  Beau dessin à l'encre de Chine.

MINIATURES

334 — Portrait de Mlle de La Vallière, en costume de carmélite.
  Très jolie miniature sur ivoire, dans un écrin.

335 — Portrait de femme.
  Jolie miniature sur porcelaine, cadre velours.

MONTJOYE

336 — Portrait de Ravel, dans les « Dragées du Baptême ».
Dessin à la plume.

NORBLIN

337 — Scène biblique.
Très beau dessin, aquarellé, signé.

PRUD'HON (Attribué à)

338 — Calypso, ordonnant à ses nymphes d'incendier le vaisseau de Télémaque.
Très beau dessin à l'estompe, d'un grand effet, daté 1811.

PILOTELL

339 — Mendiant.
Aquarelle, signée et datée 2 mai 1871. Dédicace au citoyen Rigault.

REMBRANDT (Attribué à)

340 — Groupe de six figures. Croquis à la plume.
Beau dessin.

ROBERT (Hubert)

341 — Intérieur de parc, animé de plusieurs figures.
Très joli dessin au crayon noir.

342 — Ruines dans un parc.
Beau dessin à la sanguine.

SAINT-AUBIN

343 — École de dessin.
Charmant dessin à la sanguine, représentant l'intérieur d'un cours de dessin; quatre personnages, dont trois femmes, sont occupés à dessiner.

SCHLEY (J.-V.)

344 — Hercule et Omphale.
Très beau dessin, lavé d'encre de Chine, signé et daté 1790.

SOMM (Henri)

345 — Deux très jolis dessins à la plume.

VALERIO

346 — Études de Femme assise et vue de dos. Deux pièces.

VERNET (Carle)

347 — Cosaque à cheval.
Dessin à l'aquarelle.

348 — Sous ce numéro, il sera vendu par lots environ cent dessins, peintures et aquarelles.

Imprimerie PILLET et DUMOULIN, rue des Grands-Augustins, 5, à Paris.

9 782329 351070